极乐幻想夜

DIE STADT
DER FREUDE

SSSSSS
嘶嘶嘶
BRU-U-U-MM
轰隆隆
BRU-U-U-MM
轰隆隆
Nächste Haltestelle
Stadt der Freude

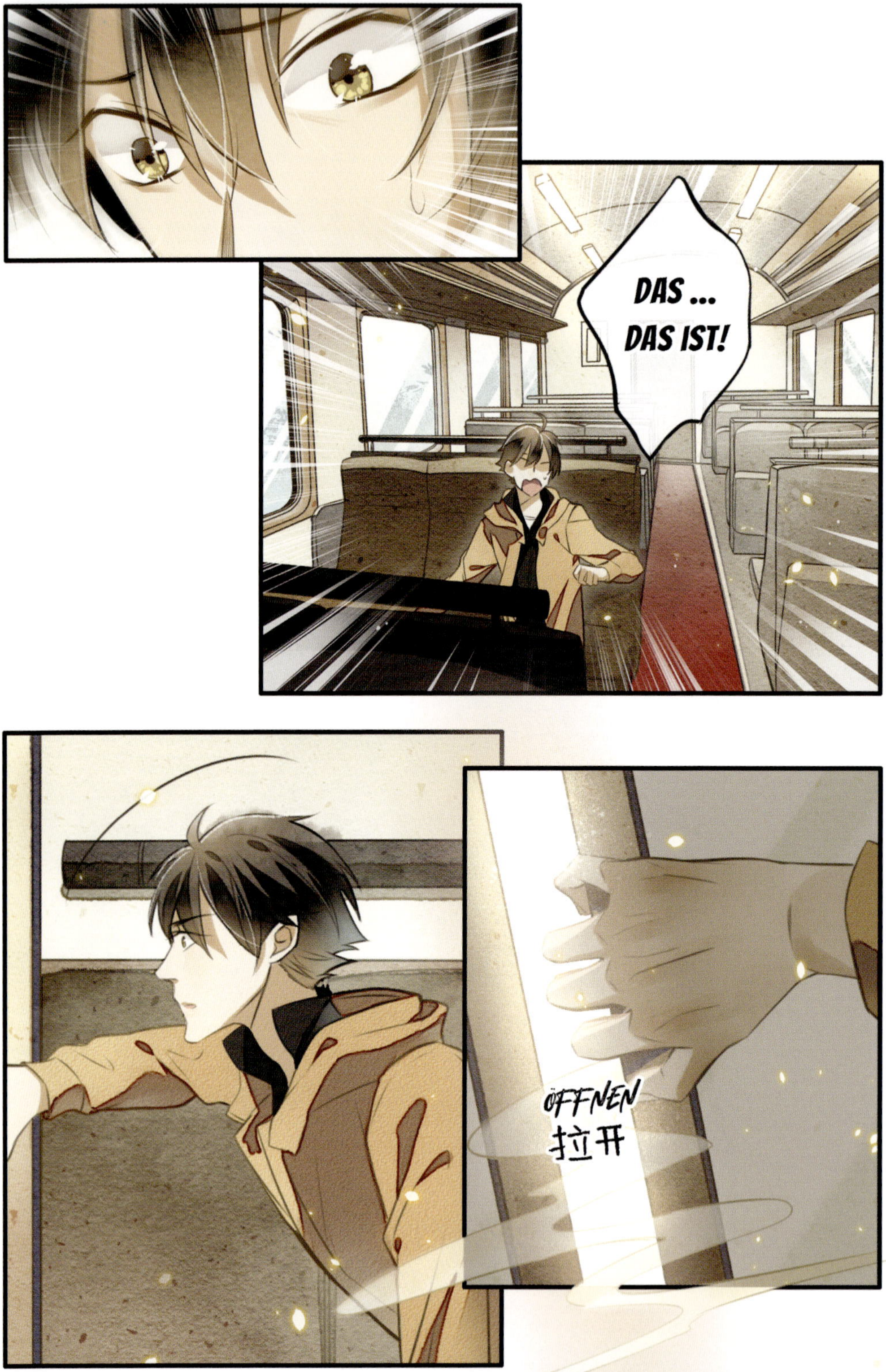
DAS ...
DAS IST!
ÖFFNEN
拉开

Ist das vielleicht ein neuer Themenpark?

Wenn ich hier nur jemanden finden könnte …

Wie schön ...!

So ein wunderschöner Ort … er kommt mir irgendwie bekannt vor …

Wer ist da?!

ERSCHROCKEN
惊

AUTSCH!
哎哟 !

So ein Pech …

白鶴
Baihe

极乐城夜城主
Stadtherr der Nacht

VERLASSE DIESE STADT! JETZT SOFORT! BEVOR DER MOND DEN HÖCHSTEN PUNKT ERREICHT!

Er sieht ziemlich gut aus

NEIN!
JETZT IST NICHT
DIE ZEIT, DARÜBER
NACHZUDENKEN!

ICH MUSS SCHNELL ZURÜCK!

… bevor der Mond den höchsten Punkt erreicht!

墨颠

Modian

扳乐城商人

Geschäftsmann in der
Stadt der Freude

Dies ist die Stadt der Freude.

Diese Stadt ist weder Teil der drei Welten*, noch der fünf Elemente**. Sie ist eine von den Göttern beherrschte Grauzone.

Bist du auch ein Gott?

* Drei Welten:
Buddhistische Bezeichnung für Erde, Himmel und Hölle.

** Fünf Elemente:
traditionelle chinesische Philosophie über die Bausteine der Welt: Metall, Holz, Wasser, Feuer und Erde.

FIEP FIEP
吱吱——

KLOPF KLOPF
TAK-TAK——

Aber natürlich! Du denkst wohl, nur weil ich so aussehe wie du, bin ich nichts besonderes, oder?

Obwohl du ein Mensch bist, ist das Verlassen der Stadt genauso einfach wie das Betreten.

Verstanden, lass ihn herein.

Wie kommen Menschen hierher?

Stadtherr Baihe, jemand behauptet, dass er in der westlichen Straße einem Menschen begegnet sei. Er hat ihn hierher gebracht.

Stadtherr Baihe, ich komme für meine Belohnung!

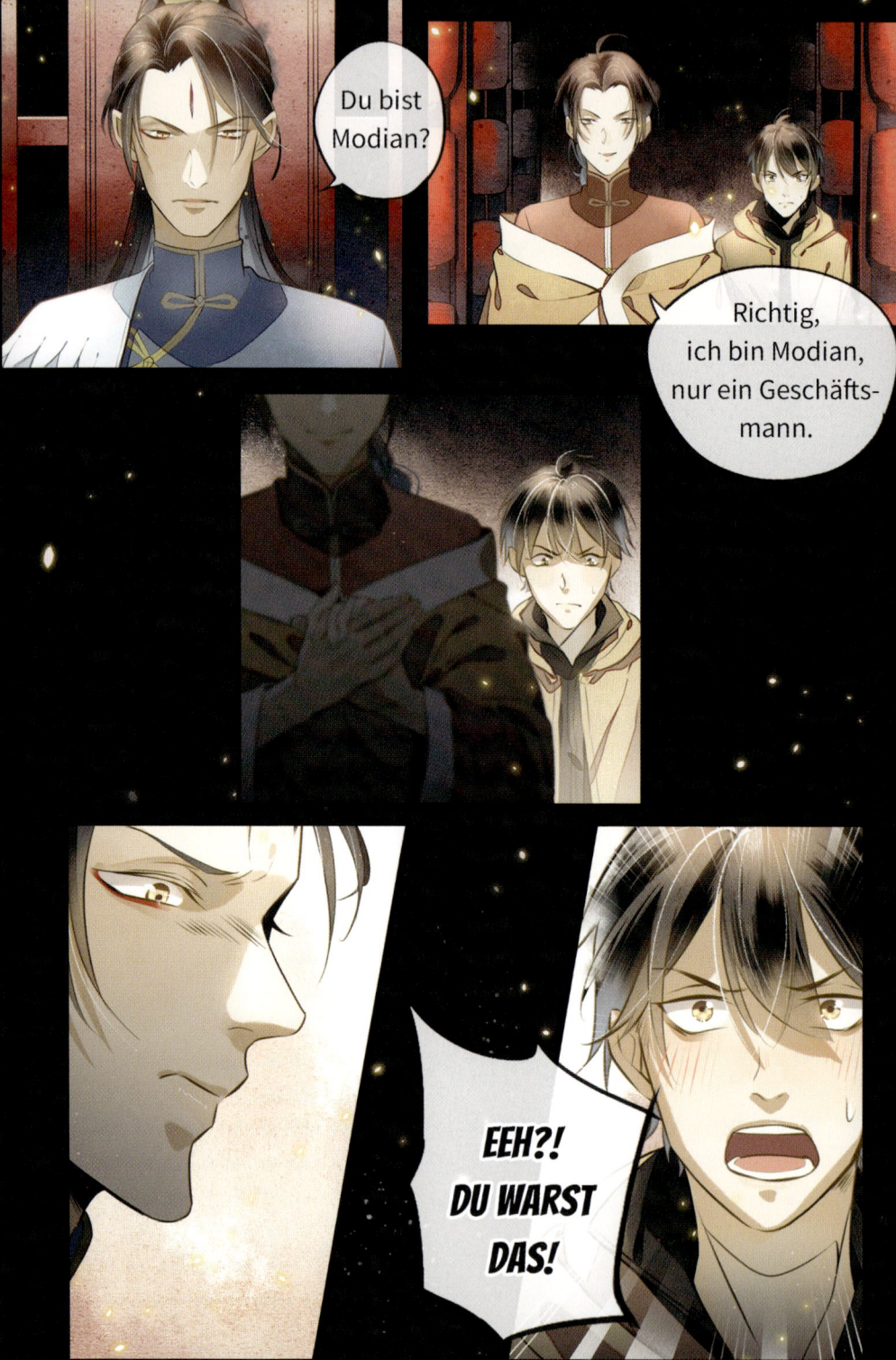

Dann lass ihn in diesem Fall erst einmal hierbleiben.

握紧
BALLEN

Willst du mich hier einsperren? Das ist illegal!

Ich muss zurück! Morgen muss ich … ehm … in die Schule.

Du wagst es, meine Entscheidung in Frage zu stellen?!

I-ich gehöre eh nicht hier her …

Ist der Stadtherr noch ganz dicht? Er lässt mich nie zu Wort kommen, ich ersticke fast daran.

Nah, die Oberschicht hat ihre eigenen, kleinlichen Gemüter.

Nein, ich glaube, er hat etwas gegen mich persönlich!

Sind Menschen hier denn so unerwünscht?

Woher kommst du denn?

Gut möglich, aber ich bin selbst noch nicht so lange hier.

Vom Himmel natürlich.

Oh, die Götter leben also wirklich im Himmel?

Der Himmel ... ich fürchte, er ist nicht so schön, wie du ihn dir vorstellst.

Nun, nimm die Dinge wie sie kommen. Möchtest du wissen, wie die Stadt aussieht?

Ich muss für ihn arbeiten? Was zur Hölle!
Ich bin jetzt dein Boss, mach mir bloß keine Schande!
Ja.
Was soll ich dich machen lassen? Vielleicht Toilette putzen?
DAS SOLL WOHL EIN WITZ SEIN, ODER?!

ABSCHLUESS

Mit so einem Ereignis habe ich nicht gerechnet …

Geschlossen

打烊

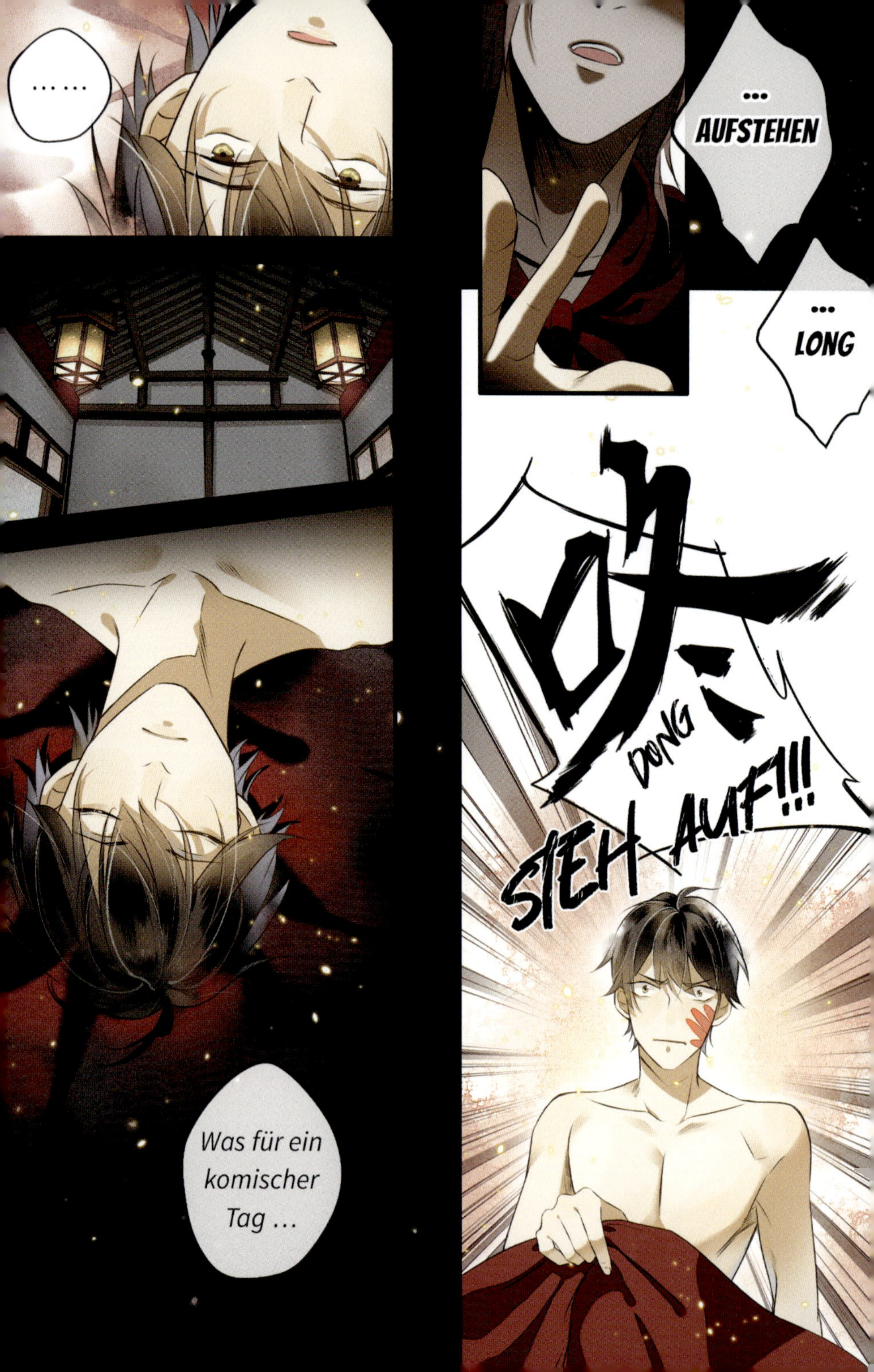
……
Was für ein komischer Tag …
… AUFSTEHEN
… LONG
咚
DONG
STEH AUF!!!

Steig ein.

SCHIEB

HEY!
WAS MACHST
DU DENN?!

Wo fahren wir hin?

Der Name des Stadtherrn war Baihe, oder? Was hat er nur vor?

WOAH!
EIN DRACHE!

Hah …
Wieso starrt
er mich so
an …

Wir haben die schwimmende Insel des Wolken-meeres erreicht.

Hey, du …

Hmm? Wie konnte er so schnell verschwinden?

Wo bin ich jetzt schon wieder?

哇~
WoW

Und?
Gefällt es dir?

WER?!

STARR
BJ

Hahahaha! Kein Wunder, dass Baihe dich verstecken möchte, er ist wirklich schüchtern!

???

Wer bist du denn?

Seit langer Zeit hat die Stadt der Freude zwei Stadtherren. Einer herrscht über die Tage, einer über die Nächte.

Alle sechs Shichen*
gibt es eine Übergabe
zwischen den zwei
Stadtherren.

* Shichen: chinesische Zeiteinheit.
1 Shichen = 2 Stunden

* Der Achtlose und der Unzufriedene (Meitounao und Bugaoxing) ist ein Donghua aus dem Jahr 1962. Hierbei geht es um zwei Kinder, Meitounao (der Achtlose) Bugaoxing (der Unzufriedene). Meitounao ist vergesslich ohne Ende und Bugaoxing ist immer unzufrieden, egal was ihm passiert. Statt die Kritik anderer ernst zu nehmen, glauben sie, dass sie auch so erfolgreich sein können. Als die beiden erwachsen werden ist das Ergebnis lediglich ein riesiges Chaos statt der erhoffte Erfolg.

Er hat sein eigenes Personal und ich habe natürlich auch meine Spione.
Er versucht dich zu verstecken, weil du jemandem sehr ähnlich siehst.
Mal abgesehen von seinem grimmigen Gesicht sitzt auch seine Besessenheit sehr tief.
Ich? Aber wem?

Möchtest du es wissen? Dann komm näher zu mir.

ANNÄHERN
靠近

Das ist ein Geheimnis.

NA GUT, ICH WERDE DICH NICHT MEHR ÄRGERN ...

ANNÄHERN
靠近

Versuch, so wenig wie möglich umherzulaufen. Dein Aussehen wird dich sonst irgendwann umbringen.

Ist es so schlimm?

Möchtest du es wohl sofort versuchen?

Dann kann ich dich auch gleich töten.

Ähmm … Nein danke!

Ich werde aufpassen.

PFLATSCH

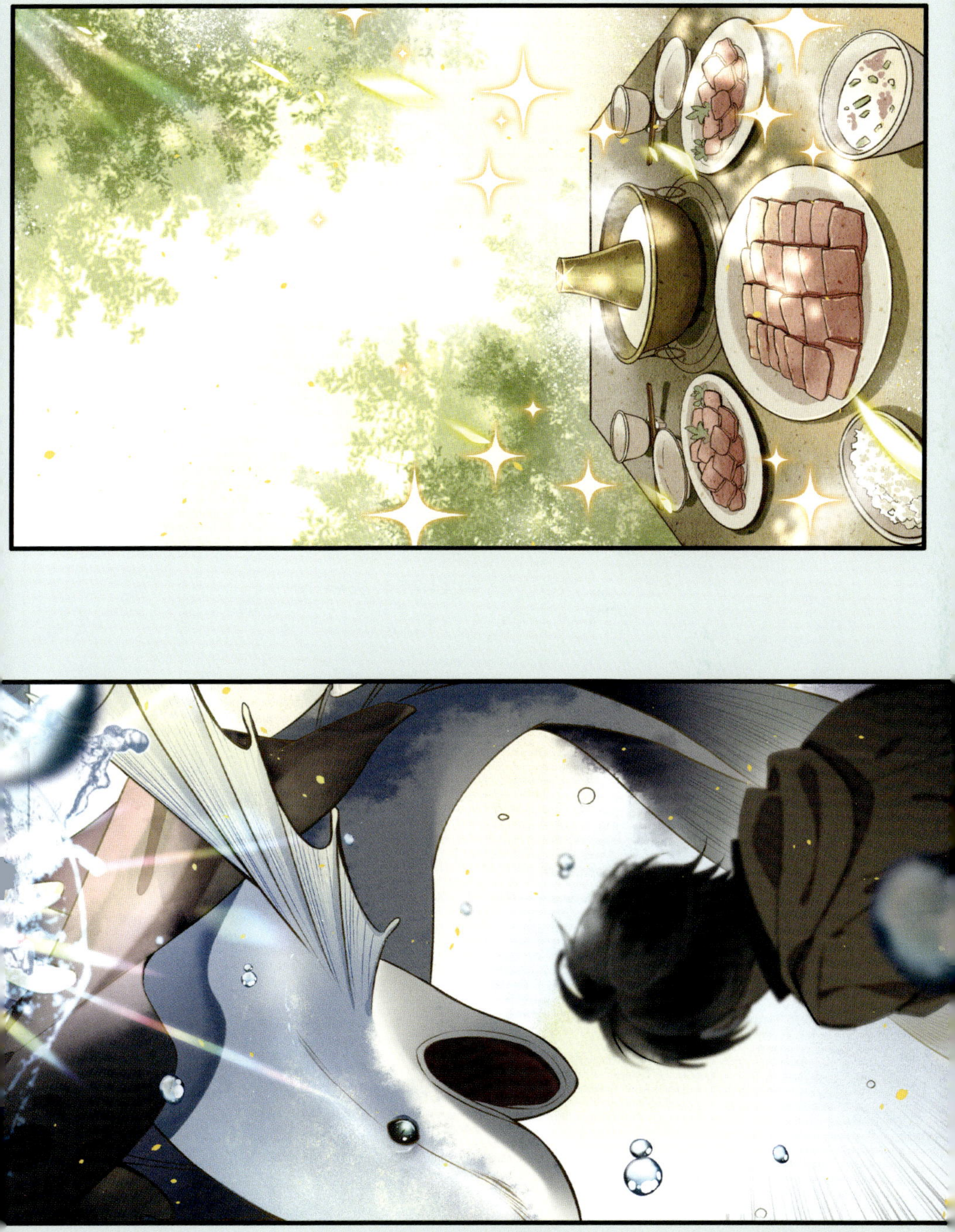

D-D-DU ... DU WARST DER DRACHE?

Ja, das war ich.

Kann ich dich reiten?

噗 PFFF

Ahhh! Nein, versteh das bitte nicht falsch!!

So habe ich das nicht gemeint!

咳 KRH
咳 KRH
!!

Du darfst.

Aber nur einmal.

Wer ist dieser Typ, den Canglong erwähnte?

..., sonst wird dich dein Aussehen irgendwann umbringen.

Ein Typ, der genauso aussieht wie ich ...

So ist die Kröte, harte Schale, weicher Kern. Mach dir deswegen keinen Kopf!

So, was möchtest du mich fragen?

Hast du schon mal von jemandem gehört, der so aussieht wie ich?

HALT INNE
停住

Palast der Stadtherren
Zentrales Gebiet

地之樂極

DAS LAND DER FREUDE

Palast der Stadtherren

Hier sind deine Aufgaben für heute.

Was?

Warum?!

Ich dachte, man muss heute nicht arbeiten? Warum muss ich sowas machen?!

Das Getreide zum ... transportieren

Lieferung des Feuerwerks an vier Feuerwerk-Stände

Die Hühner von Frau Anan füttern

送送粮食去

城中四处烟火生的烟花配送

给城西的安安小姐的鸡喂地

Er ist nicht
Futu!

Das weiß
ich.

Ist dir sein
Leben so
wichtig?

Alle Leben sind mir gleichermaßen wichtig.

Ich bin nicht wie du, du hast nichts anderes als Futu im Sinn, aber ich nicht!

Selbst wenn ich nur eine Person retten kann, werde ich nicht aufgeben.

Ich habe keine Eltern.

Mein einziger Begleiter ist
ein Hund namens Atu.

Ich habe nicht gewusst,
wie es sich anfühlt allein zu sein.

Bis zu dem
Zeitpunkt ...

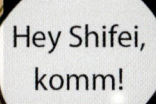

Hey Shifei,
komm!

Durch die Wärme der
Freundschaft lernte ich
schließlich, wie sich
Einsamkeit anfühlt.

WAS IST PASSIERT? GEHT ES DIR GUT?

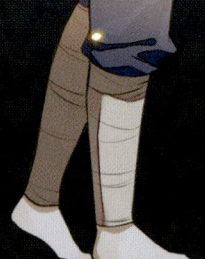

Klingt, als würde etwas näher kommen...
轰—— KLATSCH
轰—— KLATSCH
轰—— KLATSCH
轰—— KLATSCH

Palast der Stadtherren

Ich freue mich, dich kennen-zulernen. Ich bin Modian.

Ein Traum?

Sieh selbst.

推
SCHIEB

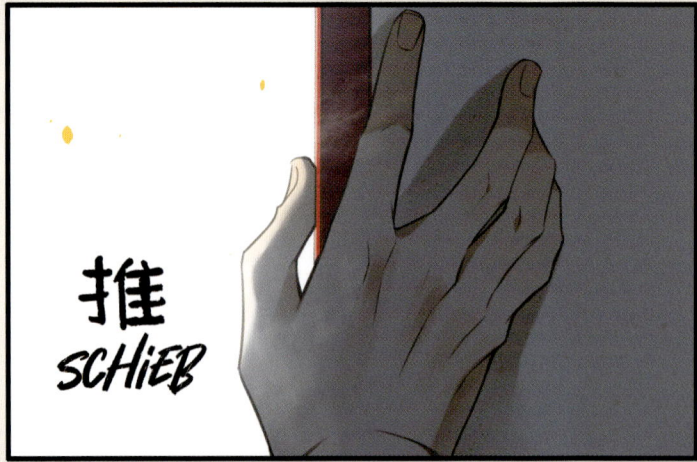

Was ist mit der Stadt passiert?

Wie du sehen kannst, ist die Stadt der Freude vom Meer überflutet worden und nur der Palast der Stadtherren ist übrig geblieben.

Aber ... Aber wo sind alle anderen?

Es gibt nur noch Cang-long, dich und mich.

Es war kein Traum. Das heißt, dass alle anderen ...

ZUPACKEN

Wie sieht die Stadt der Freude für dich aus?

In meinen Augen ...

... ist diese Stadt wie die Quelle der Pfirsichblüten*.

Alle leben und arbeiten zusammen ...

* Quelle der Pfirsichblüten: Der Autor Yuanming Tao verfasste während der Jin Dynastie eine Geschichte über ein Paradies außerhalb der Welt. In dieser Geschichte entdeckt ein Fischer zufällig ein völlig isoliertes Dorf, das von Frieden und Freude beherrscht wurde. Die Bewohner waren zwar vom Besuch des Fischers überrascht, dennoch waren sie nett und freundlich. Er verließ das Dorf nach einigen schönen Tagen. Und das Dorf blieb für immer unentdeckt.

Hier ist …
die Hölle für
unerwünschte
Götter

Wie meinst
du das?

Wovon
sprichst du?
Ich verstehe
gar nichts!

Lass es
mich dir er-
klären …

Die Wahrheit?!
Was ist das für
eine Stadt?!

Wir sind
Götter aus
dem Himmel.

Es ist das genaue Gegenteil von dem, was du dir vorstellst. Die Stadt der Freude ist kein Paradies, ...

... sondern ein Land des Exils, ein Gefängnis der Götter, ein Ort, wo die Todesstrafen der Götter vollstreckt werden.

Wir beide schimpfen uns zwar als Stadtherren, sind aber tatsächlich die Wärter dieses riesigen Gefängnisses, der Stadt der Freude.

Aber was haben die Anderen denn falsch gemacht?! Sie waren doch alle gute Menschen …

Es ist eine Sünde als Gott Gefühle und Wünsche zu haben.

Was?!

Wieso das denn …

Er sagt die Wahrheit. Menschen mit einem schwachen Willen werden sich in der Stadt der Freude im Vergnügen suhlen.

Wenn man seine Bedürfnisse nicht unterdrückt und die Arbeit ignoriert, wird man am Ende von der Flut verführt. Und damit wird das eigene Leben im Meer beendet.

Jeder verändert sich.

Ehrlich gesagt wurden wir ja deshalb hierher verbannt, weil die Kerle im himmlischen Palast uns nicht leiden konnten.

Wenn damals nicht die Sache mit Futu passiert wäre …

… wären wir wahrscheinlich nicht so, wie wir jetzt sind.

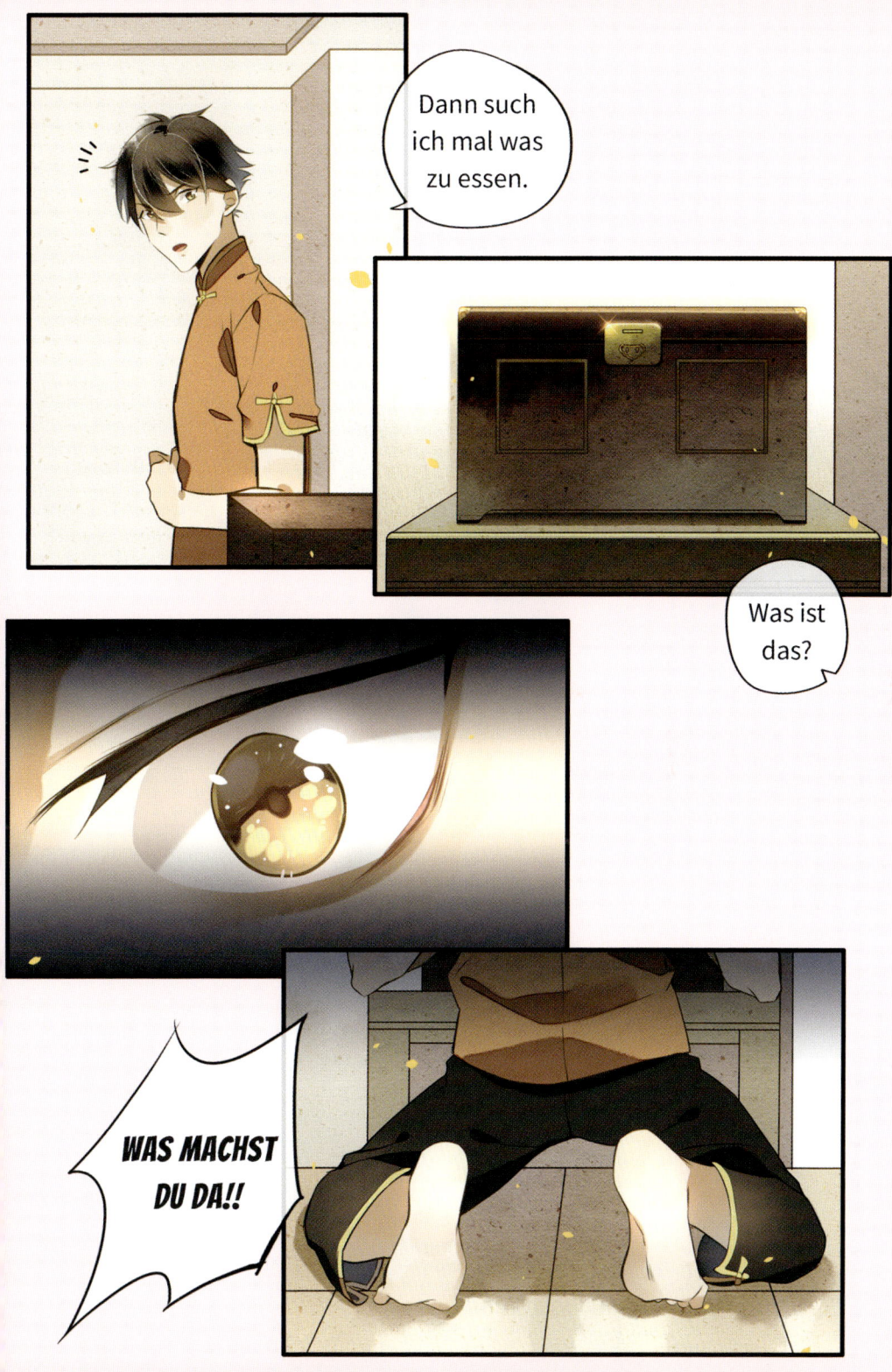

Du hast tatsächlich die Wahrheit gesagt.

Natürlich ist es die Wahrheit.

Komm mit mir.

Ich dachte du zauberst auch alles mit einem Handwink herbei wie Canglong …

Vergleich mich nicht mit so einem Stümper.

Verglichen mit mir seid ihr beide ziemlich vornehm …

Ich meine es ernst! Ich esse ziemlich unregelmäßig und wohne auch noch allein …

Huh?

Was ist?

Du hast aber Kraft!

Du bist eher so ein halbes Hemd!

Hält es Baihe endlich nicht mehr aus und will dich vernaschen?

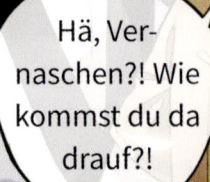

Hä, Vernaschen?! Wie kommst du da drauf?!

Das Essen ist gleich fertig.

Bitte sehr!

Wow, ich probier mal!

Wenn er schon so fragt, wie kannst du seine Bitte jetzt noch ablehnen?

Und ich befürchte, dass du das jetzt nicht mehr kannst.

Na gut.

Die Stadt der Freude hatte zu Beginn keine zwei Stadtherren. In Wirklichkeit sind Canglong und ich die ersten, die zu zweit über die Stadt herrschten.

Diese Ausnahme kam durch Futu zustande. Er war vor uns der Stadtherr. Canglong und ich werden ihn nie vergessen.

Vor 300 Jahren kam ich in die Stadt der Freude.

Dann überlasse ich ihn von jetzt an Ihnen, Futu Daren*. Ich hoffe, Sie kümmern sich gut um dieses Kind.

Gern geschehen. Damals haben Sie sich ja auch um meine Wenigkeit gekümmert.

Meister ...

* Daren: Sehr alte Anrede, unter anderem für hohe Beamte. Ähnlich wie *Euer Gnaden*.

Du heißt Baihe?

Ja ...

Die Tage, die ich mit Futu Daren verbrachte, waren relativ simpel.

Hey, warte! Einige Kleidungsstücke müssen schonend gereinigt werden!

HEHEHE...
诶嘿嘿... ...

DAS WIRD DOCH VIEL ZU SCHARF!!

Dann kam Canglong dazu ...

Wie wärs? Der Gewinner kann mit mir in der heißen Quelle der schwebenden Insel des Wolkenmeeres baden. Wie findet ihr das?

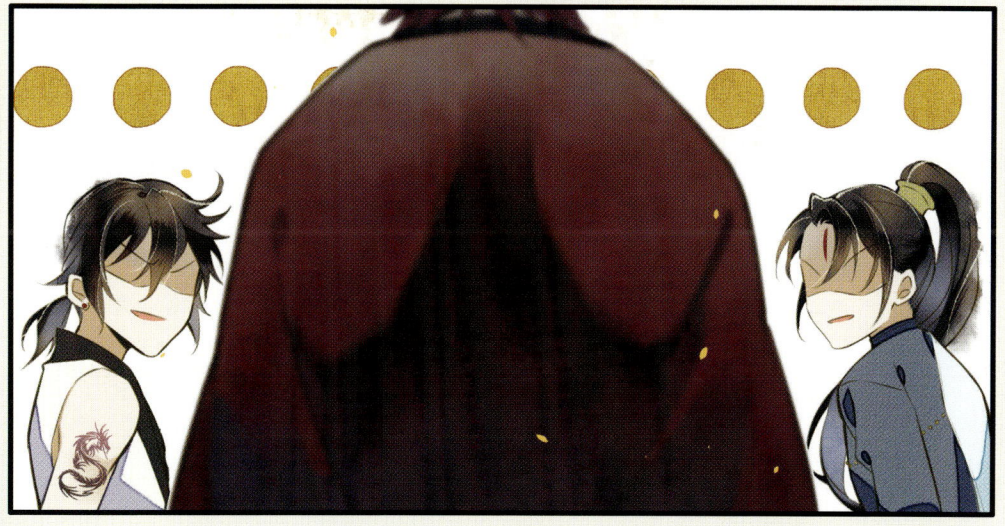

Es sind zwar sehr alte Erinnerungen, als wir von zwei zu drei Personen wurden – aber es ist wirklich eine unvergessliche Zeit.

Hoffentlich gibt es kein nächstes Mal.

Später fanden wir heraus, …

… dass alle Bewohner der Stadt von den Göttern gebrandmarkt wurden.

Sobald es Überlebende nach der Flut gibt …

… werden diese vom Himmelreich direkt

AUSGELÖSCHT

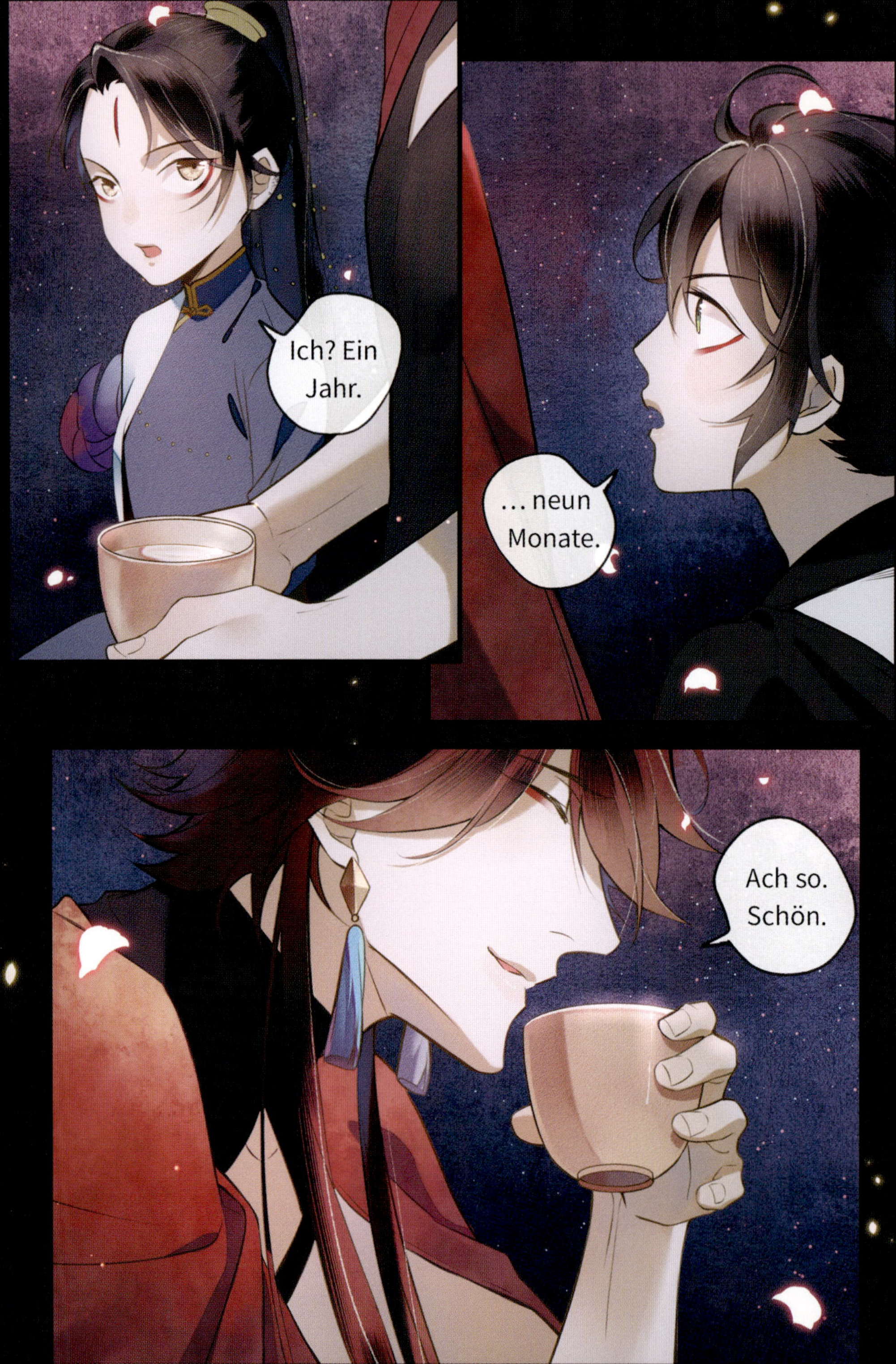
Ich? Ein Jahr.
… neun Monate.
Ach so. Schön.

Es ist schön, dass ich euch beide an meiner Seite habe.

Egal ob Canglong oder ich – keiner von uns hat das erwartet, was danach passierte.

Es passierte vor un-
gefähr zehn Jahren.

Futu, ist dir deine Sünde bewusst?

Ich finde nicht, dass ich eine Sünde began-gen habe.

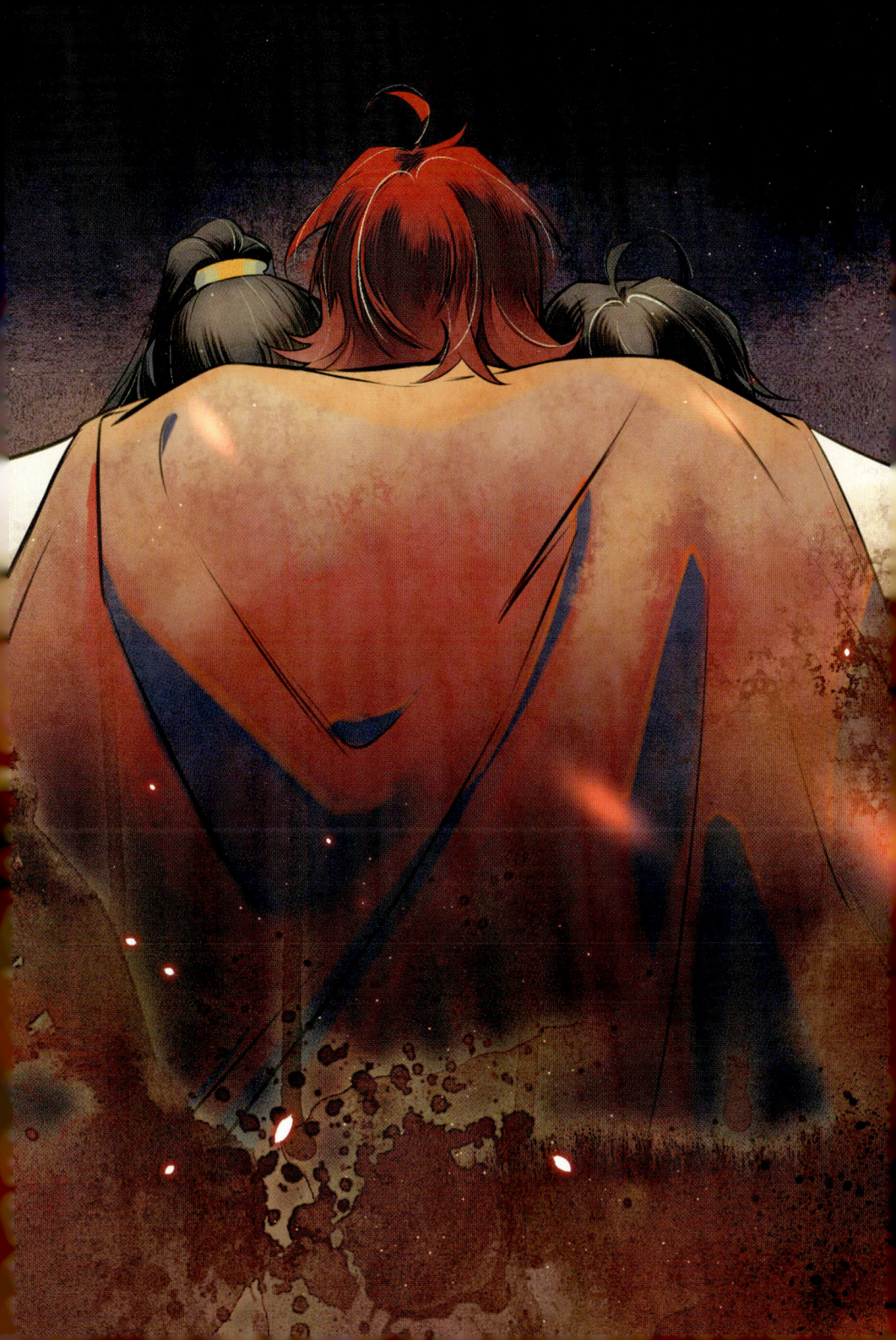

Endlich
vorbei ...

ZITTER

Futu Daren ...

BAIHE!! ALLES OK?!

Was wollt ihr nach all dem noch machen ...

Canglong, Baihe, hört dem Befehl des Himmelreiches zu!

Du ...!

ZERR

Nein ...
Canglong,
geh nicht!

Seitdem haben wir Futu
nie wieder gesehen.

Fortsetzung folgt...

人物介绍

時斐

Shífēi · Oberschüler

Als Shifei nachts in die falsche Bahn einsteigt, landet er kurzerhand in der Stadt der Freude. Je mehr Zeit er in der Stadt verbringt, desto klarer wird ihm, dass es eine Verbindung zwischen ihm und der Geschichte dieser Stadt geben muss.

Das erste Schriftzeichen seines Namens, „shi", bedeutet „Zeit". Das zweite Schriftzeichen „fei" klingt wie „fliegen". Setzt man diese zwei Schriftzeichen zusammen, wäre eine mögliche Bedeutung „fliegende Zeit".

白鶴

Báihè · Stadtherr der Nacht

Baihe ist der erste Gott, dem Shifei in der Stadt der Freude begegnet. Obwohl er sehr distanziert und ernst wirkt, scheint er doch ein weiches Herz zu haben.

Der Name „Baihe" bedeutet „weißer Kranich". Als Shifei sich eine Cola am Automaten kaufte, wurde er von einem Kranich beobachtet. Könnte dies Baihe gewesen sein?

蒼龍

Cānglóng · Stadtherr des Tages

Canglong ist das komplette Gegenteil von Baihe. Er ist unkompliziert und sehr direkt, auch das breite Grinsen in seinem Gesicht kaschiert nur schlecht seine wahren Absichten. Trotz seiner oft ironischen Aussagen schafft er es in ernsten Situationen einen kühlen Kopf zu bewahren.

„Canglong" bedeutet „horizontblauer Drache". Der Drache, den Shifei gesehen und auch geritten hat, ist Canglong.

墨顛

Mòdiān・Geschäftsmann

Modian hat Shifei schon mehr als einmal geholfen, doch kann er dem Geschäftsmann wirklich trauen? Sein Lächeln wirkt allzu trügerisch, als hätte er stets etwas geplant.

Das erste Schriftzeichen in seinem Namen „mo" bedeutet „Tinte" oder „schwarz". Das zweite Schriftzeichen „dian" bedeutet „stürzen" oder „verrückt".

浮屠

Fútú · Vorheriger Stadtherr

Futu war der vorherige Stadtherr der Stadt der Freude. Obwohl er ein Gott war, hatte er eine menschliche Natur inne. Er ist eine nette und einfach gestrickte Person, hat aber dennoch keine Angst vor der Macht des Himmelreichs. Sein Schutz gilt stets den Schwächeren.

„Futu" wird oft als Übersetzung des Sanskritwortes „Stūpa" (buddhistischer Turm) benutzt. Ein chinesisches Sprichwort lautet „ein Leben zu retten ist besser als ein Stūpa mit sieben Stock aufzubauen".

Dawn the Teen Witch - Band 1

Jiao Xiang Ting / Tang Tang
Romance, Fantasy
ISBN 978-3-91074801-9

Dawn Hill ist eine junge Schülerin, die sich ihren Traum erfüllt hat und an der besten Magieschule in Wuzhou angenommen wurde. Doch leider sind ihre magischen Fähigkeiten absolut miserabel. Aufgrund dessen wird sie mit Spott, Ablehnung und Verachtung konfrontiert. Kann sie sich trotzdem durchsetzen und ihren Traum verwirklichen? Finde es heraus in Dawn Hills magischer Reise, voller Abenteuer und Überraschungen!

Die Stadt der Freude - Band 2

Bizai / Xiongji / Tudou
Danmei

Erhältlich ab November 2023!

Erhältlich unter manlin-verlag.de oder bei deiner BuchhändlerIn.

Die Dämonenbar – Band 1

Muba
Zhiyu (Heilung/Slice of Life)
ISBN 978-3-910748-02-6

Begib dich in „Die Dämonenbar" auf eine Reise in dein vergangenes
Leben. Betritt das Reich des geheimnisvollen Barkeepers, der dir die
Gelegenheit bietet, einen Blick in dein früheres Leben zu werfen. Genieße
den Charme dieses außergewöhnlichen Lokals, in dem im Austausch für
die Geheimnisse deiner Seele unvergessliche Cocktails gemixt werden.
Aber sei vorsichtig, denn die Vergangenheit jedes Gönners ist mit einem
Dämonenjäger verbunden, der ein verborgenes Rätsel aufdeckt, das über
die Jahrhunderte hinweg gewoben wurde. Tauch ein in die Tiefen der
Emotionen, der Menschlichkeit und der Geheimnisse, die seit Tausenden
von Jahren verborgen liegen.

Erhältlich ab Frühling 2024!

Manlin

Die Stadt der Freude
Originaler Titel: Jile Huangxiang Ye

Zeichnung: Bizai
Geschichte: Xiongji
Kolorierung: Tudou

German Edition
© 2023 Manlin Verlag Inh. Zihan Lin

Aus dem Chinesischen von Tina Bischof und Zihan Lin
Herstellung + Lettering: Zihan Lin
Lektorin: Moony

2. Auflage 2023

ISBN 978-3-91074800-2

https://manlin-verlag.de